Martina
princesas y caballeros

G ILBERT D ELAHAYE · M ARCEL M ARLIER

T EXTO DE J EAN -L OUIS M ARLIER

thule

¡Martina y su familia trabajan con una actividad febril... y no son los únicos! Todo el vecindario está ocupado: el carnicero, el ferretero, el cartero, su hermana, que es médico, y todos los demás.

–¡Aún necesito más tela naranja! –grita Soledad.

–No es fácil confeccionar un capirote –dice Sofía, cuyo sombrero demasiado blando no hace buena pinta.

–¿No crees que haré el ridículo con estos zapatos puntiagudos y este jubón? –pregunta preocupado papá.

–¡Patapuf, tráeme esa caja de clavos! –le pide el abuelo–. La necesito para acabar la decoración de la carroza.

Justo al lado, los hijos de Pablo se entrenan duramente. El profesor de la escuela hace el papel de maestro de esgrima. Les enseña a simular un combate sin lastimarse.

¿Qué hace Martina mientras tanto? ¡Termina de coser un vestido con su madre, porque mañana se convierte en princesa!

El gran día ha llegado, pero Patapuf no se ha enterado todavía muy bien de lo que pasa.

—¿Para qué sirve este carro? ¿Por qué estáis disfrazados? ¿Adónde vamos? —le pregunta a Martina.

—Nos vamos todos de viaje —le contesta la niña.

—¿De viaje? Pero ¿adónde? —insiste el perro.

—Muy, muy lejos y, al mismo tiempo, muy cerca de aquí. A un país donde ni los coches ni las bicicletas existen. Ni siquiera la electricidad… ¿te das cuenta?

«¿Muy lejos y muy cerca? Martina se está volviendo loca… —dice Patapuf para sus adentros—. Están todos locos!»

¡Arre! El carro atraviesa el portal de piedra de la vieja ciudad. Pero… si es la misma calle que Patapuf ve cada día y, sin embargo, nada parece igual: ningún ruido de coches ni de bocinas… Un poco más abajo, Silvia, la guardia urbana, vestida con un estrambótico disfraz, oculta la señal de dirección prohibida bajo una gran bandera. Tan cerca y tan lejos…, estamos en la misma ciudad, pero… en la Edad Media.

En la plaza mayor, el amanuense público ofrece pergaminos de bella caligrafía y cartas de amor.

La panadera vende pan bien caliente y el vendedor ambulante, su elixir milagroso.

–¿Queréis un bonito cazo o una jarra? –pregunta un artesano.

Martina se echa a reír al reconocerlo. Es Bernardo, el empleado del banco, con el que suele cruzarse vestido de camisa blanca y corbata.

Y, mira por dónde, hoy está detrás de un torno de alfarero, con las manos llenas de arcilla.

Un poco más allá, Sandra sostiene la rueca y Cati enseña a los parroquianos gruesas telas decoradas con dragones, flores y caballeros.

«¡Qué vestido tan bonito se haría con ese tejido!», piensa Martina.

–¡Dejad paso! ¡Villanos!

Todos se apartan llenos de admiración. Guillermo pasa a caballo, va vestido como un gran señor, con su halcón en el puño.

Como está mirando
hacia arriba embobada,
Martina no ha visto la armadura tendida a sus pies. ¡Casi tropieza!

–¡Oh! Perdón, señor –dice.

–¿A quién hablas? –pregunta Patapuf, que se ha acercado con
mucha prudencia–. No hay nadie dentro.

–Buenos días, Martina –saluda alegremente el padre Julián–. Hoy
soy herrero. ¡Tengo mucho trabajo! No es fácil desabollar este yelmo.

Y su gran martillo resuena –*bang, bang*– sobre el yunque.

–¡Muy buenos días tenga,
gentil damisela! –dice una voz detrás de Martina.

–¡Federico!

¡Martina está contentísima de haberlo encontrado! ¡Cuánto
tiempo!

–Te he reconocido enseguida –dice el chico–. ¡Qué bonito vestido! ¡Es ideal para el baile! Si quieres, te llevo. ¿De acuerdo?

La sonrisa de Martina le sirve de respuesta.

Y cogiéndola orgulloso de la mano, se abre paso entre la multitud de curiosos.

En la placita de las Cebollas se ha instalado la corte de un gran señor con sus músicos.

–¿Me concedes este baile? –pregunta Federico.

Precisamente la pregunta que Martina estaba esperando. ¡Pero entonces empiezan a tocar las campanas de la iglesia!

–¿Ya? ¡Deprisa, voy a llegar tarde para luchar con el estafermo!

–¿El estafermo? ¿Qué es eso? –pregunta Martina.

–Ven y lo verás.

–¡Prohibido el paso! –dice de pronto, con un vozarrón, el capitán de los arqueros–. Buscamos nuevos reclutas. ¿Queréis probar? Doble paga al que acierte con la flecha en la diana de paja, allá, a cuarenta pasos.

¡Cuánto cuesta tensar el arco! La flecha de Federico toma vuelo, se eleva, pero se clava en el suelo a poca distancia.

La flecha de Martina... bueno, mejor nos callamos. ¡Hace falta entrenarse mucho para tirar con arco!

El capitán los deja marchar. Nunca serán arqueros del rey.

Algo más lejos se combate con espadas.

–Ya sé que luchan de broma –dice Martina–, pero es muy impresionante.

Clic, clac, las espadas se cruzan. Los menos valientes optan por rendirse enseguida. ¡No es nada fácil la vida de caballero! De pronto, Benedicta, la lechera de la calle de las Garzas entra en lid, fuerte como un caballo. Tres giros de muñeca y... ¡los más arrogantes quedan desarmados y afrentados!

–¡Viva Benedicta! –grita a coro la multitud.

–¡Cuidado con la cabeza!

Porras y diábolos vuelan por los aires.

Los malabaristas invaden la plaza y ponen fin a las hostilidades.

–¡Con dos bolas, está tirado! ¡Con tres ya es más complicado!

–¡Adelante, Martina, más alto, más rápido!

–Martina, ven. ¡Voy a llegar tarde! –le da prisa Federico.

¡Aquí está por fin el estafermo!

¡A caballo, a galope tendido y lanza en ristre hay que golpear el escudo del muñeco! Pero, ¡ojo!, porque él se defenderá y girará sobre sí mismo para golpearos en la espalda. Si no sois buenos jinetes, ¡pobres de vosotros!, ¡morderéis el polvo!

Federico monta su caballo de batalla. Martina se le acerca, muy seria. Igual que las princesas a sus valerosos caballeros, le ata a la lanza la cinta de su cofia.

–Caballero, os nombro mi campeón –dice.

Federico saluda entonces a la corte, que aplaude, y avanza solo por el campo vallado.

¡Atención, la situación es peligrosa...!
Federico se concentra, el caballo se estremece... y parte al galope.

¡Un escalofrío recorre la corte! El choque es brutal, el estafermo gira para dar su terrible respuesta... pero Federico se inclina y evita el choque por los pelos.

¡Uf! Martina respira por fin. Su héroe está sano y salvo y ha probado su bravura.

La noche ya ha caído sobre la fiesta.

–Las emociones –dice Martina– abren el apetito.

–Sentaos, niños –dice una buena mujer–, ¡os voy a preparar a cada uno un buen bocado! ¡Mientras, contadme las novedades!

Sobre las brasas, corderos y lechones se asan poco a poco. El fuego crepita, su bella luz acaricia los rostros.

–¡Qué bien se está! –dice Martina–. Me gustaría poder dormir aquí, al raso, cerca del fuego.

Pero aún no ha llegado la hora de irse a dormir.

Un cortejo avanza, conducido
por la alegre música de una flauta y un laúd.
Son los juglares, que vienen a contar historias y fábulas.

    –Buenas gentes, damas y damiselas, acercaos a nuestro tablado.
Escuchad la historia del raposo llamado Renart y de su desgraciado
primo, el lobo Isengrán.

    Y con algunas máscaras, la melodía de las voces, la magia de las
sombras y de las luces, todo el bestiario medieval invade la escena.

    Después los comediantes cuentan la historia del buen San Jorge,
que derribó al monstruo.

    Y, de pronto, mientras caen las máscaras, una llama fabulosa
sube hasta el cielo.

    –¡Socorro! –grita Patapuf–. ¡Un dragón!

Pero no es un dragón, son los juglares, que escupen fuego. Fin del espectáculo; ellos iluminan el cielo para que la luz no muera y siga la fiesta.

Todo es tan hermoso que Martina, de pronto, se entristece.

–Casi había olvidado el mundo real –dice–. Me cuesta creer que mañana todo vuelva a ser como antes. ¡Con los coches y todo lo demás!

–Sí, pero también el teléfono –dice Federico–. ¡Ahora que nos hemos vuelto a encontrar, nos llamaremos, ¿verdad?

–¡Sí, mi caballero, vos siempre tenéis la razón! –dice Martina, que recupera su sonrisa–. ¡Venga, vamos a festejarlo! Te invito a una bebida.

–¿Cuánto cuestan dos zumos de manzana?

–Tres carolus, damisela –dice el vendedor.

Un carolus es la moneda de Carlomagno, ya sabéis... el que inventó la escuela en la Edad Media.

¡La escuela! Mañana hay otra vez escuela. ¡Martina ya ni se acordaba!... Seguro que se va a hablar mucho de la Edad Media.

–Ya tengo ganas de estar allí para contar todo lo que he visto. Brindemos. ¡A tu salud!

Martina princesas y caballeros

Título original: *Martine princesses et chevaliers*
© 2004, Casterman

© 2009 Thule Ediciones, S.L.
Alcalá de Guadaira 26, bajos
08020 Barcelona
Traducción: Gloria Castany Prado
Maquetación: Jennifer Carná

ISBN: 978-84-92595-09-9

Impreso en Italia

www.thuleediciones.com